In dankbarer Erinnerung
an den Trioabend
in Kloster Irsee
am 12.3.2005

R. Jehl

Chronos

Karin Brunnermeier
Christoph Dittrich
Christofer Kochs
Ulrich Vogl

18.November 2000-
31. Januar 2001
Kloster Irsee

Herausgeber:	Rainer Jehl
	Schwabenakademie Irsee
	Klosterring 4
	87660 Irsee
Fotografie:	Andreas Brückelmair & Autoren
Reproduktion:	Grafik - Digital, Augsburg
Druck:	Presse - Druck, Augsburg
Auflage:	1000
ISBN - Nr.:	3-9804600-3-7

Ein Ausstellung in der Zeit

Der Bezug zur Zeit stand ganz am Anfang. Im Jahr 2000 sollten vier junge Künstler im Auftrag der Schwabenakademie die Gelegenheit erhalten, ihre Arbeiten in den Raum des ehemaligen Klosters Irsee einzubringen: in das barocke Treppenhaus, in die hellen Klostergänge und in die ehemalige Bibliothek, den heutigen Festsaal. Daß der Gott der Zeit das große Deckengemälde von Franz Anton Erler (entstanden zwischen 1729 und 1735) im Treppenaufgang dominiert, gab den jungen Künstlern den Anstoß für die Wahl des Ausstellungsthemas. Sich einlassen auf die Angebotsgeste eines Raumes aus einer anderen Zeit: in Malerei, Zeichnung, Installation, Skulptur und Film fanden die Künstler ihre Antwort. Dialog mit einer anderen Zeit, Dialog mit vorgegebenen Räumen - die Ausstellung wurde zum Ereignis dieses Zwiegesprächs heutiger Kunst mit der Kunst des Barock, ein Gespräch, das im übrigen lange vor Beginn der Ausstellung schon begonnen hatte. So wurden etwa im Festsaal die vier großen Barockgemälde von eigens für die Ausstellung angefertigten Gemälden großen Formates überhängt. Dadurch entstand ein neuer Raum mit anderem Licht und eigener Stimmung. Besondere Korrespondenzen gingen die aktuellen Bilder und Installationen mit dem Stuck italienischer oder Wessobrunner Provenienz ein. Wo müssen Skulpturen stehen? Das war eine Frage, um deren Beantwortung im Einzelfall hart gerungen wurde. Die vorliegende Dokumentation zeigt deutlich die Lösungen, die Spannungen und Bezüge, die dabei gefunden wurden. So entstand eine Ausstellung, die in sich ein einmaliges Raumereignis war - nur hier in Irsee denkbar und wohl auch so unwiederholbar. Ein Ort in der Zeit: Chronos.

Rainer Jehl, Irsee 2001

Karin Brunnermeier

Der Alltag, Familie, Kindheit, Körperlichkeit und Identität scheinen mir die zentralen Themen der Arbeiten Karin Brunnermeiers zu sein. Ihre Bilder, Szenarien und Formen sind von einer poetischen Sprache durchdrungen. Sie leben von einer eigentümlichen Verdichtung, wie sie in Träumen vorkommt.

Es gibt Bildfindungen: Videos, Installationen, Objekte und Zeichnungen von Karin Brunnermeier, die mich tief und nachhaltig berühren. Ihre Herkunft aus frühen Erfahrungen wird besonders sichtbar in den Faserzeichnungen, die seit 1997 entstehen. Sie kokettieren nicht mit dem Gestus der Kinderzeichnung, vermögen es aber wie diese, mit klaren, selbstverständlichen und genauen Formen aus tiefen Schichten ans Licht zu treten. Wer den Kontakt zu seiner eigenen Kindheit verloren hat, für den muß es bestürzend sein zu erleben, daß es möglich ist, verlorengeglaubte Welten in solcher Dichte innerlich präsent zu halten.

Die Autorin besitzt große Ausdruckskraft in der Wiedergabe von Erfahrungen, in der intensiven Auseinandersetzung mit privater und kollektiver Vergangenheit, bei der auch die Nachwehen deutscher Geschichte ihren Ausdruck finden, sich einfügen wie Passformen in die bereits vorhandene Bilderwelt.

Was kann aufregender sein als eine Produktivität, die sich so nahe am Selbst entfaltet: die Arbeiten werfen Fragen an uns selbst auf, antworten auf etwas, was wir gar nicht zu fragen vorhatten und provozieren weitere Fragen, wie der ins Wasser geworfene Stein Wellen um Wellen erzeugt. Aus Quellen unseres Daseins, die nicht restlos unserem Bewußtsein zugänglich sind, bringen sie Botschaften ans Licht, die keiner Zensur mehr unterliegen. Nur ein so gewissenhaftes Arbeiten am genauen Ausdruck des Erlebten kann zu solch zwingenden Formulierungen gerinnen. Hier findet sich die Möglichkeit zu existentieller Ganzheitlichkeit, die in anderen, gesellschaftlich stark codierten Kommunikationsbereichen täglich neu verschüttet wird. Karin Brunnermeier hat ihre Arbeiten von Anfang an darauf ausgerichtet, diese Verschüttungen freizulegen, Worte und Bilder in abstrakt und leer gewordene Sprechblasen zurückzuführen, und es ist ihr gelungen, diese Konzentration beizubehalten.

Franz Kafka hat einmal gesagt: „Ein Buch soll sein wie eine Axt für das gefrorene Meer in uns." Karin Brunnermeier besitzt auf aufrichtige und eigenwillige Weise die Gabe, jene inneren Eisblöcke in Bewegung zu setzen. Das zeigen ihre Bilder ebenso wie ihre Plastiken, Filme und Texte und sie schaffen dies auf eine leise, uneitle Weise.

Annette Krisper-Bešlić

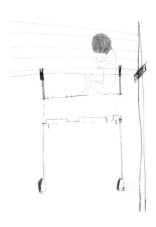

Blatt 2 aus der Serie: Fest, Blatt 14 aus der Serie: Vater, Mutter, Kind,
Blatt 4 aus der Serie: Der Wäschekorb*, Blatt 5 aus der Serie: Vater, Mutter, Kind
Buntstift auf Papier, je 42 x 30 cm
1997
* Sammlung des Hotels der Katholischen Akademie Berlin

Rassel
Buntstift auf Papier, 42 x 30 cm
2000

Ananke
Gips, Stahl, Höhe: 85 cm
2000

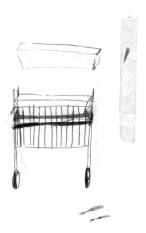

Blatt 6 aus der Serie: Vater, Mutter, Kind
Buntstift auf Papier, 42 x 30 cm
1997

Ein Stück Irsee, 2000
Kinderkrankenbett, abgestellt
in Bezug auf das Euthanasieprogramm
während des Nationalsozialismus
in der Heil- und Pflegeanstalt Irsee

Blatt 12 aus der Serie: Der Wäschekorb
Buntstift auf Papier, 33 x 24 cm
1997

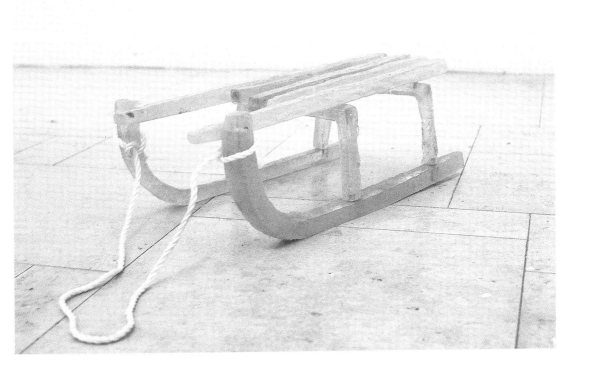

Schlitten
Glas (Sandguß), Aluminium, Schnur, 90 x 40 x 35 cm
1999

Kämm dir dein Haar, Adele
Video (im Portrait: Anja Brietzke)
1998

Kleid
Damenbinden, genäht, Metallständer, Höhe: 130 cm
1996

Christoph Dittrich

Formartikulationen

Auf der gesamten Bildfläche überlagern und verdichten sich rundlich-verzerrt wirkende Formen, deren Abgeschlossenheit immer wieder durch kritzelartige Linien und dünn aufgetragene Farbschlieren aufgebrochen werden. Die Formen stehen unhierarchisch nebeneinander und bedingen sich in ihrer Farb- und Formwirkung gegenseitig. Tiefer liegende Farbschichten treten an einigen Stellen an die Oberfläche und lösen punktuell gesehene Verdichtungen und malerische Ganzheiten auf. Diese ständige Auf- und Verdeckung versetzt das Bildgefüge in Bewegung, das Auge erblickt eine verdichtete Form, ehe diese durch die Störungen der Ränder und den damit angrenzenden Formen wieder verschleiert wird. Man wandert zum nächsten verdichteten Punkt im Bild und wird sich in der Bewegung des Sehens gewahr, daß die relative Homogenität des gesamten Bildes uns erst in die verwirrende Bewegung auf der Bildfläche eintauchen lässt. Es sind Formen, die durch das Zusammenspiel von Linie und Fläche, von dem Eigenwert der Farbe und deren Konsistenz im Moment des Betrachtens erzeugt werden, da im ganzen Bildgefüge die eindeutigen Verhältnisse von Form und Sache keinerlei Eindeutigkeit in der Lesart und -richtung aufweisen. Die Linie und die Fläche erscheinen wie zwei unterschiedliche Sprachen, die sich aber in eine eigene Bildgrammatik fügen, das eine scheint das andere zu bedingen und ohne sich in den amorph wirkenden Formen gegeneinander behaupten zu wollen. Ein ausgewogenes Verhältnis von Verdichtungen der Form und immer wieder lichter erscheinenden Stellen prägt das Bildgefüge.
Die Organisation der Bildformen in der Fläche und der malerisch-fließende Gestus in den Bildern von Christoph Dittrich stehen in der Tradition organischer Abstraktionen der Abstrakten Expressionisten in Amerika, jedoch muß hier genauer differenziert werden. Haben noch Jackson Pollock, Willem De Kooning und andere Künstler die freie Geste vor der Leinwand als Möglichkeit und Manifestation persönlicher Freiheit und als Ausdruck der Befindlichkeit menschlicher Existenz verstanden, so steht bei Dittrich die ständige Kontrolle über die Möglichkeit zur Verdichtung und Verflechtung verschiedener Formen und Flächen im Bild im Vordergrund. Konkretisierung, Auffächerung und Zerstörung stehen für einen Malprozess, der die bestimmte Hervorbringung von lesbaren Formen immer wieder in Frage stellt. Wenn er ein Bild mit dem Titel „I`m not in love" versieht, dann kann dies auch als ein ironischer Bezug zu jener emotiven Malerei der 50er Jahre gedeutet werden.

Gegenstand, Un-Gegenstand
Immer wieder findet man die malerische Verschleierung und Entrückung der sich zu klären scheinenden Form. Es stellt sich hier die Frage, wann wir eine Form zu fassen glauben, um sie dann zu interpretieren, das heißt mit außerbildlichen Wirklichkeiten befrachten zu können. Genau hier spielt Dittrich die Möglichkeiten malerisch durch, die gedachte Form vor der Form zu erklären, nicht um uns die assoziativen Impulse zu geben, sondern um uns durch das Bild zu leiten, immer auf der Suche nach der Klärung der Zusammenhänge. Dabei geht Dittrich auch den umgekehrten Weg. Viele kleinere Formate zeigen den malerischen Versuch dem Problem zwischen Gegenstand und Un-Gegenstand zu begegnen. Teilweise scheinen die Formen aus der Fläche sich heraus zu lösen, manchmal überwiegt aber die Verschleierung der Form, um sie aus zu starker Konkretheit zu lösen. Auftauchen und Verschwinden als zeitliches Phänomen scheinen durch die Art des Farbauftrages und in den Relationen zwischen Linie und Fläche auf. Die Kombination der kleinen Formate zu einem Ganzen richtet sich nach deren „Kommunikationsfähigkeit". Das heißt die Ver-

bindung und Vernetzung verschiedener Einzelbilder zu einer Einheit liegt in der Fähigkeit Zugehörigkeiten zu entdecken und so für den Betrachter Bewegung ins Bildganze zu bringen.

Die Farbe spielt in dem Prozess von Formfindung, Auffächerung und Verdecken eine wichtige Rolle. Es fällt auf, daß die Farbigkeit eher an den Formgrenzen zum Tragen kommt, hingegen die Zurücknahme der Form durch flüssige mit weiß oder schwarz gemischten Tönen geschieht. Aus der Farbpalette dominieren verschiedene Grün- und Gelbtöne mit graublauen Abstufungen den Gesamteindruck, Rot und Schwarz finden sich in den linearen verästelten Strukturen. Damit wird der Eindruck von Natürlichkeit und organischen Formen verstärkt, ohne hier die autonome Rolle der Bildmittel in Frage zu stellen.

Der Bildraum konstituiert sich rein aus der malerischen Auseinandersetzung mit der Farbe und dem linearen und flächigen Gestus, der sich im Malprozess entwickelt. Dabei überwiegt der Eindruck von Volumen durch aus der Fläche hervortretende Formen, im Kontrast mit den wässrigen Farbschlieren, die jene Volumina wieder in die Fläche zwingen.

Als Betrachter erkennen wir verschiedene Form-Möglichkeiten. Sie zeigen uns nicht etwas Gesehenes nochmal auf, sondern fordern das innere Sehen. Genau dieses innere Sehen oszilliert immer zwischen gedachter konkreter Form und deren un-gegenständlicher Verfolgung. Die unterschiedlichen innerweltlichen Bezüge im zweidimensionalen Bild abstrahieren sich ständig, dabei spielen beim Betrachter die neuen computergenerierten Bildwelten ebenso eine Rolle, wie der kontemplative Blick in die Natur. Die Formhandlungen, die sowohl der Künstler als auch der Betrachter vollzieht bringen immer neue Erfahrungstatsachen ein, die nicht immer mit bereits gemachten Erfahrungen in Einklang gebracht werden können. Der Künstler unterwirft sich dieser Tatsache beim Machen, indem er das Zusammenspiel von Formen immer wieder aufgreift, verändert, das Hervorgebrachte immer neu interpretiert, genauso wie der Betrachter, dessen gedankliche Verdichtungen immer im Fluß bleiben, da in den Bildern ein geleitetes tatsächliches Erkennen immer durch die Form negiert wird. Haben wir etwas erschaut, verflüchtigt es sich wieder, jedoch immer mit dem Blick zum nächsten Versuch hin geleitet.

Christoph Dittrich scheint dabei Formen wiederaufzugreifen, wobei dies im Sinne einer Vergegenwärtigung des Gemachten mit dem Neuen, geschieht. Es ist dabei kein im Kreis drehen, sondern ein Kreislauf gemeint, den der Künstler dafür nutzt, immer neue Erfahrungstatsachen mit den eigens geschaffenen Mitteln der Malerei umzusetzen und Wirkungsweisen für den Betrachter zu artikulieren.

Harald Krejci

I`m not in love
Acryl auf Leinwand, 220 x 170 cm
1999

ohne Titel
Acryl auf Leinwand, 220 x 170 cm
1999

ohne Titel (links)
Acryl auf Leinwand, 220 x 200 cm
1999

ohne Titel
Acryl auf Leinwand, 90 x 85 cm
2000

ohne Titel
Acryl auf Leinwand, je 50 x 45 cm
2000

ohne Titel
Acryl auf Leinwand, 220 x 230 cm
2000

Found a job, did find a job
Acryl auf Leinwand, 280 x 380 cm
2000

ohne Titel
Acryl auf Leinwand, 160 x 140 cm
2000

Festsaal Kloster Irsee
November 2000

Christofer Kochs

Ohne Worte

Ein fahles Leuchten geht von den Bildern aus; ein von Feuchtigkeit gedämpftes Licht, welches sich unmerklich mit dem feierlichen Licht der Klosteranlage Irsee verbindet. Als gehörten sie schon immer dorthin, lösen sich die Bilder nur langsam und schemenhaft aus ihrer Umgebung heraus, gleich einer märchenhaften Traumwelt, in der sie aus dem Unterbewusstsein aufscheinen. Aber bevor wir sie erkennen können, sind sie schon wieder auf ihren angestammten Platz zurück verschwunden. Die Bildwelten sind bestimmt von Linien, deren Ausgang und Ziel sich im Farbnebel verlaufen, vegetativ anmutenden Formen und Andeutungen von Figuren, Umrissen und Gestalten, die auf den ersten Blick nicht einzuordnen sind: Das malerische Vorgehen von Christofer Kochs umschreibt eine Suche.

Im Mittelpunkt steht dabei die menschliche Figur, die meist zeichen- oder schemenhaft das Blatt bestimmt. Dabei orientiert er sich nicht an der physiologischen Beschaffenheit des Menschen, sondern an einer Gestaltungsform, die ätherisch anmutet. Es wird keine Figur abgebildet, vielmehr werden einzelne, fragmentarisierte Formen neben- und übereinander gelegt und so zu einer Gestalt verdichtet. In seinem Spiel mit dem Material der Farbe findet Kochs für die Belebtheit und Beseeltheit der Form einen malerischen Ausdruck. Eingefasst in diffuse Farbräume, versuchen die Gestalten eine eigene Position zu finden. Ortlos schwebend, fehlt ihnen jeglicher Standpunkt, von dem aus eine räumliche Bestimmung überhaupt möglich wäre. Die changierenden Farbtöne deuten eine räumliche Tiefe an, deren Ausmaß kaum zu bestimmen ist. Sie bringen zudem eine Atmosphäre hervor, von der die Bildgestalten und Betrachter gleichermaßen umfangen werden. Kochs schafft einen gemeinsamen Ausgangspunkt für die Betrachter und Bildfiguren: Beide sind von einem Raum umfasst, durch den ihr Standort, ihre Position und Haltung verunklärt und in Frage gestellt wird. Die Atmosphäre der Bilder verstärkt sich noch im Kontrast mit der Ausstattung des Klosters. So unterschiedlich beide sind, treffen sie sich für uns in einer Stimmung, in der Vergangenes heraufbeschworen und erlebbar wird.

Alle Bildelemente bei Christofer Kochs sind von Unbestimmtheit und Mehrdeutigkeit gekennzeichnet. Während im Bildgrund verschiedene Farbverläufe zu einem undurchdringlichen Gewebe verdichtet werden, sind bei den Figuren Form und Umriss voneinander getrennt. Kontur und Binnenzeichnung bilden ein Gerüst, das durch die Betrachter in wechselnden Formationen gesehen und interpretiert werden kann: aus einem floralen Element wird ein Körperteil, aus abstrakten Farbformen eine körperliche Gestalt, aus einer Maske ein Kopf und umgekehrt. Dabei hält sich die Farbe nicht an die vorgegebene Kontur, sondern verläuft zur eigenständigen Form. Sie verweigert sich einer rationalen, logischen Bestimmung und betont in dem freien, überbordenen Verlauf ihren eigenständigen, emotionalen Gehalt. Die Struktur der Bilder ist gekennzeichnet durch eine offene Form, d.h. durch eine Schöpfung und Zusammenstellung von Bildelementen, die durch die Betrachter in unterschiedliche Beziehungen gesetzt werden können und müssen. Erst durch den aktiven Prozess der Betrachtung wird ein Farb- und Liniengebilde zu einer Figur und kann zu einem möglichen Sinngehalt verdichtet werden. Darin steckt zudem die Möglichkeit und Freiheit, jederzeit eine andere Konstellation, eine neues Bild zu ersehen und zu verdichten. Im Sinne eines "offenen Kunstwerks" (U. Eco) entwirft Kochs ein Feld interpretativer Möglichkeiten, das die Betrachter immer wieder zu neuen Lektüren veranlasst.

Schon formal unterstreicht Christofer Kochs die Ambivalenz und Mehrdeutigkeit seiner Inhalte, indem er die Arbeiten als eine offene und unabgeschlossene Folge von verschiedenen Serien konzipiert, die sich auch mit dem Dekor der Klosterräume verbinden. Dabei geht es mitnichten um eine beliebige Gestaltung der Bildstrukturen, sondern um die Beständigkeit immer wiederkehrender, neu angesetzter Formulierungsversuche und um eine kontinuierliche Befragung. Kochs will dabei nicht definitive Antworten vorschreiben, sondern eine Suche beschreiben, die nicht zum Abschluss gebracht werden kann. Der Malprozess dokumentiert eine ständige Auseinandersetzung zwischen Wirklichem und Möglichem, zwischen Bewusstem und Unbewusstem. Das Wissen des Künstlers, seine künstlerischen Ergebnisse, haben ein Fundament in einem Nicht-Wissen, das der Motor der künstlerischen Arbeit ist. Insofern bleibt auch immer eine Distanz, eine Differenz zwischen der Vorstellung Kochs und der endgültigen Darstellung, die ihm selbst fremd bleiben muss. Natürlich sind die Bilder das Ergebnis eigener künstlerischer und persönlicher Erlebnishorizonte. Indem er diese aber in einer freien und mehrdeutigen Weise gestaltet, entsteht erst die Möglichkeit, dass sie Ausdruck einer unbestimmten und unbewussten Struktur werden.

Kochs Bildwelten visualisieren geradezu ein Oszilieren zwischen Bewusstem und Unbewusstem und werden dadurch zu einem Spiel ohne Ende. Sein rein malerisches - und eben nicht analytisches - Umkreisen des Unbewussten, beschreibt den Versuch, den Grenzbereich zwischen beiden Sphären zu verringern, sich der Grenze zwischen ihnen soweit wie möglich zu nähern. Die Darstellungen auf den Leinwänden erscheinen geradezu als piktorale Spuren des eigenen, forschenden Selbst und als ständiger Versuch der Annäherung an das Wesen des Menschen. Christofer Kochs behauptet nicht, dieses offen legen zu können, aber er vermag es traumwandlerisch zu umschreiben.

Erik Schönenberg

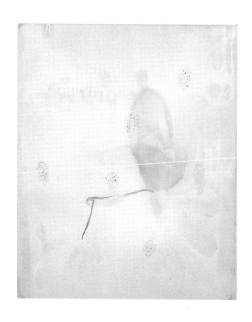

Im Archiv der Zeit
Aquarell, Öl auf Nessel, 140 x 115 cm
2000
Privatsammlung Stuttgart

Im Archiv der Zeit
Aquarell, Öl auf Nessel, 250 x 200 cm
2000

Im Archiv der Zeit
Aquarell, Öl auf Nessel, 45 x 60 cm
2000
Privatsammlung

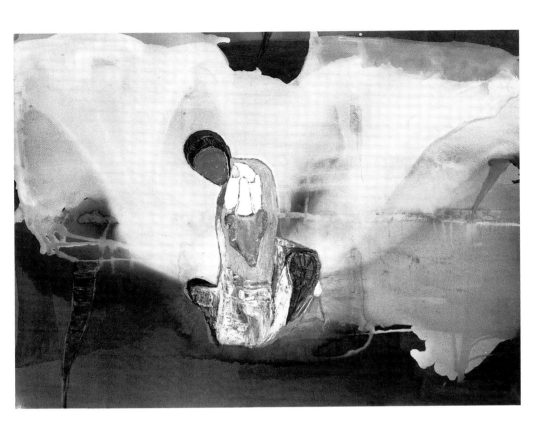

Geduld der Vereisung
Aquarell, Öl auf Nessel, 160 x 220 cm
2000

Stele
Lindenholz, Öl, Höhe: 210 cm
2000
Privatsammlung

Stele
Lindenholz, Öl, Höhe: 210 cm
2000

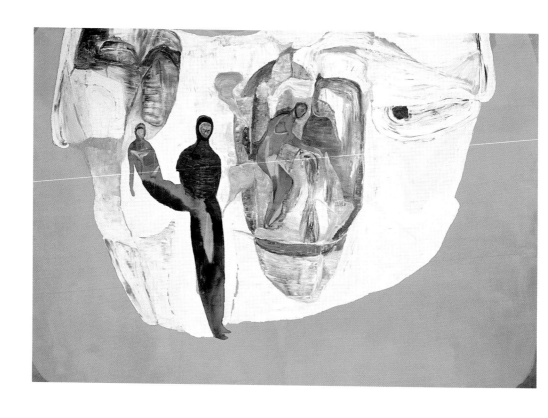

Vom hier ins jetzt
Aquarell, Öl auf Nessel, 230 x 360 cm
2000
Sammlung Kloster Irsee

Kopf
Lindenholz, Öl, Höhe: 56 cm
2000

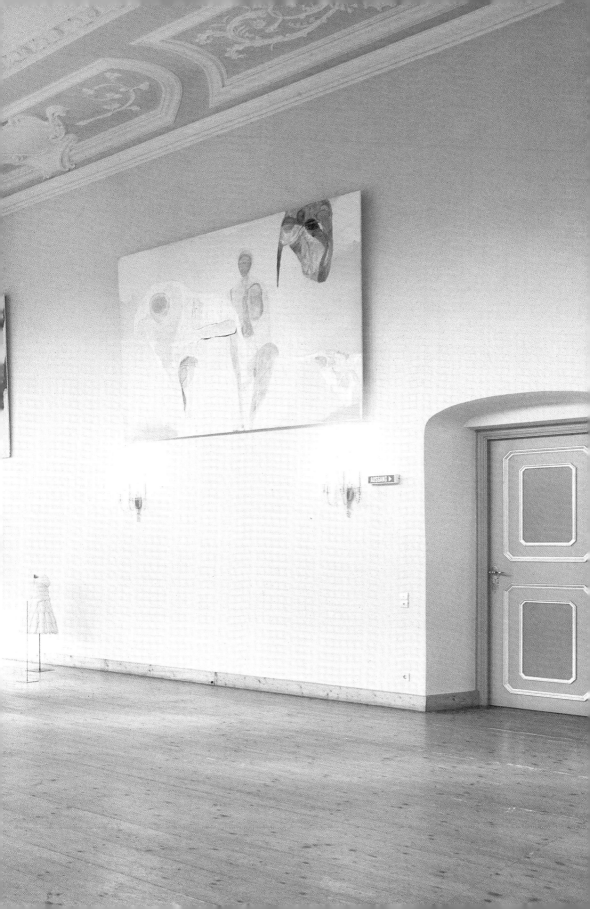

Ulrich Vogl

Lichtzeichen

Im Rahmenwerk von nacheinander aufgefädelten Zeichnungen entsteht eine Gleichgewichtsfigur, deren Gestalt variiert werden kann. Sie ist vergleichbar einem Zettelhaufen, einem Gerüst; einem Bilderberg, wo sich in großer Mannigfaltigkeit Zeichnungen anlagern. Dies geschieht in einer Offenheit, in einem schnellen Wachstum in Form und Bildentwicklung.

Befragte Chiffren der Zeiterfahrung sowie sinnliche Versatzstücke werden in filmische In-Besitzname überführt. Nichts kann den bildnerischen Charakter dieses raumbestimmenden Gebildes besser kennzeichnen als ihr häufiges Vorkommen in einem gestalteten geometrischen Gebilde, das unter anderem wie die Partitur des Animationsfilms geordnet worden ist.

Phasenbilder und Bewegungsphasen bilden die einzelnen Einheiten. Sie wieder als kontinuierlich erscheinenden Bewegungsablauf zu reproduzieren, ist Ulrich Vogls Weg. Elementare Einfachheit, die diesem Schema zu eigen ist, wird erkennbar. Durch die Betrachtung der einzelnen Kader, deren Knotenpunkte und Symbole, werden Zusammenhänge geschaffen, die zu Neuem führen.

Vogl bewegt sich innerhalb einer filmischen Kodifizierungsstrategie und erarbeitet sich eine Disziplin, ein Schema, bei deren Analyse nichts in bloße Form, ins Hülsenhafte abdriftet. In der Herausarbeitung medialer Parameter und experimenteller Filmmatrixstrukturen hat er ein eigenständiges Forschungsfeld sinnvoll lokalisiert, wo die Sprache der Bilder auf einen Code bzw. ikonisches Zeichen trifft, wo das spezifisch Filmische verborgen zu liegen scheint.

Dieter Appelt

Zeichnung aus der Arbeit: Tisch
Bleistift auf Papier auf Holz, 7,5 x 10,5 cm
2000

Partitur
122 Zeichnungen je 29,7 x 21 cm
Bleistift auf Papier, Nylon, Metallklammern
2000

Tisch
98 Zeichnungen je 7,5 x 10, 5 cm
Papier auf Holz, Glas, Kirschholz
Handschuhe, Tische, Stühle
2000

Lichtzeichen
Videoprojektion, 35mm Animationsfilm
2000

Biographien

Karin Brunnermeier

*1972 in Buchloe, 1995-99 Studium an der Hochschule für Kunst und Design,
Burg Giebichenstein, Halle bei Thomas Rug, Christine Triebsch und Heiner Büld
seit 1999 Studium der Bildhauerrei an der Hochschule der Künste Berlin bei Christiane Möbus
lebt in Berlin

Christoph Dittrich

*1971 in Ulm, seit 1995 Studium der Malerei an der Akademie der Bildenden Künste München bei
Hans Baschang, Meisterschüler
lebt in Augsburg

Christofer Kochs

* 1969 in Osnabrück
1992-99 Studium der Malerei an der Akademie der Bildenden Künste München, Meisterschüler
zahlreiche Preise und Stipendien, Ausstellungen im In- und Ausland
lebt in Augsburg und Berlin

Ulrich Vogl

* 1973 in Kaufbeuren
1996-99 Studium an der Akademie der Bildenden Künste München bei Horst Sauerbruch
seit 1999 Studium an der Hochschule der Künste Berlin bei Dieter Appelt
lebt in Berlin

Christofer Kochs, Christoph Dittrich
Karin Brunnermeier, Ulrich Vogl (von links nach rechts)

Kontakt: chronos-irsee@gmx.de
Danke: Dr. Rainer Jehl, Dr. Marquart Herzog, Klaus Jahn, Andreas Brückelmair,
                Annette Krisper-Bešlić, Harald Krejci, Erik Schönenberg, Dieter Appelt
                und den Angestellten des Kloster Irsee